KB133552

시가 말을 걸었다

시가 말을 걸었다

초판 1쇄 인쇄일 2014년 07월 23일
초판 1쇄 발행일 2014년 07월 28일

글 조희전
펴낸이 양옥매
디자인 신지현

펴낸곳 도서출판 책과나무
출판등록 제2012-000376
주소 서울특별시 마포구 월드컵북로 44길 37 천지빌딩 3층
대표전화 02.372.1537   팩스 02.372.1538
이메일 booknamu2007@naver.com
홈페이지 www.booknamu.com
ISBN 979-11-85609-54-6(03810)

이 도서의 국립중앙도서관 출판시도서목록(CIP)은 서지정보유통지원 시스템
홈페이지(http://seoji.nl.go.kr)와 국가자료공동목록시스템
(http://www.nl.go.kr/kolisnet)에서 이용하실 수 있습니다.
(CIP제어번호 : CIP2014020747)

시가 말을 걸었다

조희전

책나무
과무

우리는 고통의 바다에 있습니다.

이 시들은 고통을 잠시 잊게 해 주는

마취제 같은 역할을 해 주었습니다.

시련을 당한 적이 있습니다.

하루하루 고통의 연속으로 괴로웠습니다.

그때 저는 많은 시를 읽었습니다.

그때 읽은 시가 지금의 저를 있게 했습니다.

고통을 벗어나기 위해 읽고 쓰고 또 쓰기를

거듭했습니다.

고통을 딛고 진주가 되듯

한 권의 책을 펼치게 되었습니다.

이 시들이 당신의 마음도 만져 주기를 기대합니다.

| 목차 |

시가 말을 걸었다

어둠

죽음과의
입맞춤을 바라는 자는
더 깊은 어둠을 향해 갑니다

악마 같은 어둠과
낭떠러지로 왜
한없이 떨어지고 싶은 것일까요

심연의 어두운 절망은
차갑고 짙푸른 바다
깊은 곳으로 흘러만 갑니다

부서진 가슴

내 가슴이 부서졌다
산산이 조각난 유리창처럼
갈라진 마음이여

조각조각 모아
원래대로 붙이어도
기록은 지워지지않는다

아픔이 가실 때까지
가슴을 부여잡고
신음하는 영혼을 치유하소서

휴식 그리고 사랑

오늘 하루 행복한 것은
달콤한 쉼 때문이다

일주일의 노고를
풀어 주는 사랑 같은 시간이여

일 다음 휴식
휴식 다음 일 그것은 존귀하다

꿀벌

열심히 일하는 꿀벌이지만
적이 올 때는 무서워지지요

날카로운 독침으로
쳐들어오는 적을 무찌르지요

윙윙대는 꿀벌들은
하늘을 날아다니고

할머니
풀밭에 김매러 가셨네

거미줄

거미줄과 내가 만나면
잔혹함이 일어난다

내 손에 잡혀
거미의 제물이 될
작은 생명

거미줄에 떨어져 휘감겨
결국 거미의 밥이 되고 만다

나의 잔혹함이
작은 생명을 죽이나
거미를 살찌운다

방아깨비

짙푸른 풀잎을 헤쳐가며
날으는 방아깨비를 뒤쫓다

따다닥
공중에서 휙 돌아
줄행랑친다

방아깨비 뒤쫓다
어느새 노을빛
붉게 드리웠네

잠자리를 독수리에게

밥 먹을 때는
개도 안 건든다는데

짝짓기하는
밀잠자리를
방해했지요

잠자리가
독수리만큼 커져서
나를 무는 꿈을 꿨지요

실잠자리 부부

새파란 풀잎에
곱게 숨은
실잠자리들

쌍쌍이
어울려
사이좋게 논다

붙잡힐 듯
붙잡힐 듯
내 손길을 피한다

아마도
사이좋은
부부인가 보다

고추잠자리

새빨간 고추보다
탐스러운 고추잠자리

빨래집게로 집어
햇볕에 널어놓고 싶다

손안에서 파르르
떨어대는 진동에

새빨간 고추장보다
매운 향기가 날 듯하다

개구리

돌 하나에
개구리 한 마리

돌 둘에
개구리 두 마리

꼬마의 무심한
돌 던지기에
개구리 뒤집어집니다

잠자리

잠자리채를 휘두르며
돌아다니는 꼬마는
어른이 되었습니다

잠자리채에 갇혀
슬피 울던 잠자리의 눈망울이
잊혀지지 않습니다

다시 꼬마로 돌아갈 수만 있다면
하늘을 날아다니는 잠자리를
가만히 바라만 보고 싶습니다

개미집

개미집을
짓밟았습니다

짓이겨진
개미들을 바라보며
꼬마는 웃었습니다

개미 집 속의
울고 있는
꼬마 개미가
또 다른 나임을 알기에

어른이 된 나는
더 이상 개미를
밟지 않습니다

역경을 향해서

짐승이 될 수 있다면
한 마리의 트리케라톱스가
되고 싶다

공자, 예수는 모를
한 마리의 집채만 한
짐승이 되어

내 앞의 역경을 향해
돌진하고 싶다

단단한 역경을
더 단단한 뿔로
산산조각 박살 내고 싶다

바람

어둠이 깊을수록
깊을수록
밝게 빛나는
하나의 별빛이 되고 싶다

절망이 깊을수록
깊을수록
새롭게 샘솟는
하나의 희망이 되고 싶다

마음이 아플수록
아플수록
감싸주는 새하얀
반창고가 되고 싶다

오늘 하루

오늘 하루 기쁜 것은
한 줌의 햇살과
한 모금의 공기가 있다는 것이다

햇살이 창가에
비칠 때 신의 손길을 느끼고

공기가 폐로 스며들 때
신의 숨결을 느끼다

오늘 하루 감사한 것은
오롯한 시간 속에 이것들을
느낄 수 있다는 것이다

시간 속의 그대

시간 속에
우울진 그대

나는 그대의
모습을 잘 모른다

혼미한 채
거리를 돌아다닐 때
부축해 준 그대는
누구인가

낙엽진 거리가
눈길로 바뀔 때까지
그대의 영혼아
늘 푸르러라

새

자신의 한계에 절망하는
사람은 새를 보아라

날지 못하는 새는 없다
어떤 새들도
다 날 수 있는 날개를 지녔으니

어느 누구의 가슴 깊은 곳에도
날개가 숨어 있으니
힘껏 날아올라라

떠난 후

그녀가 내 가슴을 통과했다
나는 외로워졌다

문득 스치는 인연들 중에
그녀도 스쳐 지나간다

하늘을 바라보니
푸르다

푸르른 하늘을 보며
굳세게 살고자 다짐한다

두려움

모든 게 없어질까 봐 두렵다
나의 노력이, 쌓아 올린 탑이
무너질까 봐 두렵다
겁쟁이, 겁쟁이
귓가에 메아리치는 소리

빅뱅으로 탄생한 우주는
언젠가는 소멸할 것
그때는 내 모습도
목소리도 남지 않겠지

모든 게 없어질까 봐 두렵다
공허한 목소리로 남을
그 공간이
사라진다면
그 허망한 마음은
무엇으로 채워야 하는가

코스모스에게

울지 마라

외로우니까 사람이다
살아간다는 것은 외로움을 지우는 일이다
공연히 오지 않는 사람을 기다리지 마라
해가 뜨면 햇볕을 바라보고
구름이 지면 그늘을 바라보라

축구 경기 캐스터도 너에게 말을 한다
가끔은 부처님도 외로워서 눈물을 흘리신다
캐스터가 축구 경기를 중계하는 것도
외로움 때문이고
네가 축구 경기를 보는 것도 외로움 때문이다
9시 뉴스도 외로워서 하루에 한 번씩 방영된다
애국가도 외로워서 울려 퍼진다

자전거를 타다

뎅글뎅글 굴러가는
자전거를 타다

다리 근육은 당겨 오고
심장은 쿵쾅쿵쾅

호수와 나무들이
휘리릭
어느새 제자리로
돌아왔네

민들레 홀씨마냥 나는 혼자였다

산다는 것은 고독 그 자체
뼈에 젖은 고독의 눈물이 흐른다

홀로 또 홀로
하나 남은 민들레 홀씨마냥
나는 혼자였다

젖은 눈물은
그치지 않아
지워지지 않은 흔적

고독이란 어쩌면 부서지지 않는
다이아몬드처럼 단단한
보석인가 보다

닉 부이치치에 대한 헌사

팔 없이 사람을 껴안고
다리 없이 하늘을 날아오른다
사지 없이 사랑을 전달하고
용기를 보여 준다

아흔아홉 번 넘어져도
일백 번 일어나고
일백 번 넘어져도
일백한 번 일어난다

그대가 고통스럽다면
그를 생각하라
그대가 절망스럽다면
그를 생각하라

그는 산 희망의 증거이며
살아 있는 삶의 스승이라
좌절하지 말고
그만큼 한 걸음 더 노력하라

민들레 꽃

철로에 홀로 선
민들레야

외로워 마라
네게도 꽃피울 날이 오리니

생각의 융단을 펼치다

나는 성공에 미친 사나이가 아니에요
나는 행복에 미친 사나이가 아니에요

나는 단지 생각에 미쳤어요
의미 있는 생각들을 주섬주섬 주워들었죠

그것을 펼쳐 내면
세상을 두르는 아름다운 융단이 되겠죠

천재들의 앵무새

나는 천재들의 앵무새이다
니체가 외치면
따라 말한다 '신은 죽었다'

칸트가 외치면
따라 말한다 '순수 이성 비판'

고흐가 그리면
따라서 본다 '해바라기'

앵무새는 단지 보고 듣는 것을
말할 뿐이다

천재 옆의 앵무새는 축복인 걸까
아니면 저주인 걸까

내면의 울림

내면을 두드려 본다
깊이 더 깊이

우물물이 깊을수록
맛이 더하듯이

내면이 깊을수록
생각 역시 깊어진다

깊은 내면으로
사람 울리는 글 한 편
쓰게 하소서

잘못된 꿈

난 내가 말야 장동건처럼
멋있는 줄 알았지
그건 헛된 꿈이었어

난 내가 말야 고소영처럼
예쁜 줄만 알았지
그건 헛된 꿈이었어

장동건과 고소영이 되지 않아도
우린 행복할 수 있어
불행한 건 잘못된 꿈 때문이지

비난의 화살

큰 꿈을 가지면
비난이 빗발친다

하지만 거기서
무릎 꿇지 마라

날아오는 비난의
화살을 모두 모아

내 공격의 무기로
삼아라

제갈량이 그러했듯이

새우깡과 갈매기

새우깡 먹으려는
갈매기야

너는 새우깡 주워
먹으려고 사는 것이냐

창공을 비상하는
독수리를 보아라

독수리는 새우깡을 주워
먹지 않는다

몰려가는 갈매기 떼를
따라가지 마라

너는 살진 비둘기가
아닌

하늘로 솟구치는

흑갈빛 독수리가 되어라

너는 알고 있느냐 치킨

너는 알고 있느냐
치킨
나는 너를 먹고 있다

닭장에 갇혀 있었던
닭의 눈망울이
머릿속을 스쳐 간다

평생 닭장에 갇혀 있다
치킨이 되어
넌 내 앞에 있다

닭의 슬픈 눈망울에서
눈물이 떨어지는
날이 있었다

난 치킨을 마저
삼키지 못했다

닭은 또 다른
나의 모습이었기에

글과 음악

마음이 어지러운 날은
글을 쓴다

한 자 한 자 적어 나가면
마음이 정화될 듯하다

마음이 어지러운 날은
음악을 듣는다

한 음 한 음 듣다 보면
마음이 깨끗해질 듯하다

순수한 마음으로
극락정토에 이를 것 같다

꿈은 마약과 같이

꿈은 마약과 같이
나의 마음을 진정시켜 준다

꿈은 마약과 같이
모든 고통을 녹여 버린다

나는 오늘도 꿈이라는
마약을 흡입한다

꿈꾸는 자는 그렇게
모든 고통을 이겨내
꿈을 이룬다

부처를 꿈꾸며

우두커니 방 안에
혼자 앉아 있는 것은
부처님 흉내 내는 것이 아니라네

세상 싫어
방 안에 앉았지만
방 안 역시 세상의 일부이거늘

해탈하여 솟아나면 모를까
내가 갈 곳은 어디에

무지개를 타다

하늘에 누가 무지개를 걸어 놓았네
아이들 미끄럼틀 타려고 그런 걸까

일곱 빛깔 무지개 구름 위로 옮겨
둘이서 그 위에 앉았다

푸른 빛깔 하늘은 늘 푸르고
구름 위로 떠다니는 마음도 한가롭다

구름 위에서 떨어져 깜짝 놀라
소리치니 솜이불 위에 내가 누워 있네

주님의 기도

주여, 저에게도 재능을
나누어 주지 않으시렵니까?

소망이 없는 곳에 희망을
절망이 있는 곳엔 기쁨을
안겨 달래 줄 글을 쓰고 싶습니다

주여, 저에게도 영감을
내려 주시지 않으시렵니까?

불화가 있는 곳에 평화를
연대가 없는 곳에 화합을
가져다줄 글 한 줄이 쓰고 싶습니다

주여, 이 모든 것이 단지
저의 욕망이라면
팬을 잡는 것은 무의미하겠지요

목동의 연주

구름 떼 같은
양들을 몰고 오는 목동아

나를 위해 노래를
불러 줄 수 있겠니

목동은 노래 대신
오카리나를 연주했지요

뚜르르 뚜르르르
고요한 오후의 한때가
음악 소리로
가득 찼지요

세상이 그대를 공격할지라도

세상이 어이없게
그대를 종종 공격할지라도

아파 오는 가슴을 움켜잡고
터져 나오려는 눈물을 머금고
인내하라

받지 않은 공격은 그대로
세상 자신에게로 돌아가리니

아옹다옹 다투지 말고
그냥 한 번 더 참아보라

두드림

심장을 때리는 비트는
두드림이 된다

예수님은 문을 두드리라
하셨다

음악의 울림은 가슴을
울리는 두드림이 되어
우리의 마음을 열어 준다

드라마

드라마처럼
살 수 있다면
얼마나 좋을까

멋지게 차려입은
옷에
멋진 남녀들과의
만남

기가 막힌 사건들의
연속
지루할 틈이 없는
순간들

하지만
인생은 드라마가 아니다
대부분의 인간 시간은 그저 다큐멘터리 영화

내 인생에도 멜로드라마의
순간이 찾아오기를

전진

정말 아주 보잘것없는
전진이라도
그것은 분명 전진한 것이다

우리는 달팽이의 전진을 보고
비웃지만

잠시 한눈팔고 나면
달팽이가 어디로 갔는지
찾지도 못한다

정말 아주 보잘것없는
전진이라도 그것은
분명 발전한 것이다

우리는 거북이의 움직임을 보고
비웃지만

거북이는 그 날쌔다는
토끼를 이기지 않았는가

정말 아주 보잘것없는
전진이라도 그것은
분명 한 걸음 앞으로 나아간 것임이 분명하다

느린 발전에 좌절하는 당신이여
좌절하지 말고 그대로
앞으로 나아가라

글재주

글재주는
오직 노력으로 이루어지는 것이니

지금 당장
글을 못 쓴다고 절망하지 마라

글재주는
오직 노력으로 이루어지는 것이니

지금 당장
글을 못 쓴다고 좌절하지 마라

글재주는
오직 노력으로 이루어지는 것이니

지금 당장
글을 못 쓴다고 슬퍼하지 마라

오죽하면 천하의 이백도

마부작침의 노력을 했을까

똑똑하면 좋을까

똑똑하면
좋을 거라는
세간의 편견과는 달리

똑똑하면
사실
살기가 그렇게 좋지 않다

세상이
똑똑한 사람을
가만두지 않기 때문이다

차라리
바보로 지내는 것이
세상을 훨씬 편하게
사는 길이다

당신이 똑똑하다면
그 똑똑함을 감추어라
세상이 당신을 공격할 수 있으니

눈이 에러인 당신

오뚝한 코의 아름다운 당신
잘빠진 몸매의 아름다운 당신
백옥같이 흰 피부의 아름다운 당신
도톰한 입술의 아름다운 당신
눈이 금붕어 에러네요

너는 누구냐

도톰한 입술을 가진 당신은
누구입니까

오뚝한 코를 가진 당신은
누구입니까

아름다운 눈을 가진 당신은
누구입니까
타고 남은 재가 다시 불빛이 됩니다

아름다운 당신은 타고 나면
재가 됩니다

재가 다시 타오르면
다시 아름다운 당신이 되겠죠

춤 못 추는 나

나는 춤을 못 춘다

음악에 리듬을 맞추는 법을 모른다
몸을 자연스럽게 움직이지 못한다

하지만 나는 춤과 음악과 사람들이
움직이는 그 분위기를 좋아한다

그 속에 잠겨 있으면 세상일을
모두 다 잊어버릴 수 있다

그래, 그거면 된 것이다

독서

독서라는 것은
무엇인가

주구장창 책을 읽어 가며
암송하는 것이 독서인가

독서라는 것은
자기 생각을 갖는 일이다

독서를 통해 우리는
그 사람의 말을
줄줄 외우는 앵무새가 아니라

자신의 말을 말하는
한 사람의 인격체로
성숙하는 일을 말한다

성장

제자리걸음을 하고 있다고
생각하는 수많은 날들에도

나는 조금씩
성장하고 있었다

헛수고를 하고 있다고
생각하는 수많은 날들에도

나는 조금씩
성장하고 있었다

그렇다 나는
조금씩 자라고 있었다

진화가 아주 작은 일련의 변화이듯이
나는 아주 조금씩 변화하고 있었던 것이다

어느 순간 나는 커다랗게
자라 있는 나 자신을 발견할 것이다

운동 고수

과거에는 학문이
대세였다지만
요즘엔 운동이 대세라지요

타이거 우즈를 보시오
골프로 황제에 올랐다오

마이클 조던을 보시오
농구로 황제에 올랐다오

펠레를 보시오
축구로 황제에 올랐다오

페드로를 보시오
테니스로 황제에 올랐다오

운동은 사람을 황제로도
이끈다오

줏대 없는 마음

이리저리 비위 맞추고
줏대 없는 마음이라
그대는 욕하겠죠

간에 붙었다 쓸개에
붙었다

이리저리 움직이는
줏대 없는 마음이라
그대는 비웃겠죠

당당하고 떳떳한
마음으로 세상을 향해
서고 싶지만 쉽지 않은 걸요

이리저리 움직인다고

욕하지 마세요

사람의 마음은 흔들리는 법이니까요

흔들리지 않는 마음

저 여래 석가상처럼
흔들리지 않는
한마음을 갖고 싶다

저 튼튼하게 서 있는
굴참나무처럼
흔들리지 않는
한마음을 갖고 싶다

저 한없이 깊은 바다처럼
흔들리지 않는
한마음을 갖고 싶다

그렇게 흔들리지 않는
마음으로 세상에 당당히
서고 싶다

무지 1

나의 무식이 그대의
마음을 거슬릴지라도
그대는 참아 주오

나의 교만이 그대의
마음을 거슬릴지라도
그대는 참아 주오

나의 웃음이 그대의
마음을 거슬릴지라도
그대는 참아 주오

나도 언젠가는 그대와
한마음이 되어
함께 웃을 날이 올 것이오

꿈속에서 사는 것

꿈속에서 사는 것은
행복한 것인지도 모른다

책은 이상향을 지향하는 것
책 속에 사는 것은 행복한 것일지도 모른다

허나 현실의 폭풍 속에서
꿈속에서 사는 것은 망상이 아니냐
그대의 질타에

다시 한 번 생각해 보아도
나는 꿈속에서 살고 싶다

추억 −부제: 윤동주를 기리며

나의 고뇌를 한 줄에 줄이자
나는 무얼 바라며
27년 7개월을 살아왔던가

첫사랑의 기억은
흩어지는 향기처럼
점차 희미해진다

꿈처럼 아득한
기억을 하루하루
새기는 것이 삶의 목적일까

하지만 다시금 찾아오는
날에는 나의 가슴 속에도
자랑처럼 새로운 추억들로
가득할 거외다

오르락내리락

한라산구름위에
올랐다가

진흙탕땅속깊이
처박힌다

사람들의입위에
산다는것은그러한것

높아졌다기뻐말고
낮아졌다슬퍼말게

이유

백팔번뇌가
일었다

머릿속이복잡해
터질것같았다

글을쓰지않으면
죽을듯했다

펜을잡았다
살기위해글을써야했다

개미

개미는 기술자다
토목공학, 건축공학
배우지 않았는데도
집을 뚝딱 지어낸다

나를 채우는 겸손

겸손한 시 한 줄
쓰게 하소서

자신을 내세우는
자랑이 아닌

위로받고자 하는
투정이 아닌

진실의 언어를
말하게 하소서

나를 채우는 겸손으로
나를 다시 살아나게 하소서

하나님의 사랑

하느님이 아무리 나를
사랑하셔도 그걸로
답이 나오지 않았다

아무리 이웃을 사랑하라
말씀하셔도
귀에 들어오지 않았다

왜냐하면 불쌍한
나 자신이 앉아 하염없이

펑펑 울고 있었기 때문이다

나는 나를 사랑해야 한다
오직 그뿐이다

나는 누구인가

나는 누구인가
운석 덩어리의
한 조각 부산물인 걸까

허무함과 고독과 싸우며
나 자신을 반추하는 것은
진정한 나 자신을 찾기 위함이다

돌아보니
나는 이미 나로서
충분하였다

백합

꽃들의 왕이라는 백합
한 송이 꺾어 입에
물었다

광녀 흉내가 아니라
진심 꽃을
사랑했기 때문이었다

하늘은 불안을 아는가

종이에 끄적대는 것으로
생을 살고자 함은
너무도 쉬운 시도일까

오늘도 책을 쌓아 두고 읽어대며
불안에 수면제 삼켜
더는 견딜 수 없을 것 같다

항상 기뻐하라는 말씀 떠올리며
하루 내내 기뻐했건만
다시금 찾아오는 불안은 무엇일까

방법론

여성들이여 죄를 짓지 말고
수녀원으로 가라

남성들이여 방종하지 말고
절로 가라

이는 고통을 줄이는 길이니
이 길을 따르면 평온이 찾아오리라

나는 그대의 봄이다

나도 누군가의 봄이 되고 싶다
쌀쌀한 찬바람을 지나 따뜻한 봄바람이 되어
그대에게 다가가고 싶다

어두운 하늘을 밝게 빛나는 햇살이 되어
그대 얼굴을 비추고 싶다

아름답게 피어나는 꽃향기가 되어
그대에게 퍼지고 싶다

그렇게 그대 곁에 봄이 되어
머무르고 싶다

글 주머니

글 잘 쓰겠다는
욕심에

한나절 글공부에
매진해 보지만
돌아오는 것은 한숨뿐

하늘은 글 주머니를
방구석이 아니라
자연 곳곳에 숨겨 두었다네

익숙한 것과의 결별

다시 태어나기 위해서
이전의 나는 죽어야 하리

새롭게 시작하기 위해서
이전의 모습과는 결별해야 하리

새 출발을 위해서는
옛날의 껍질은 벗어야 하리

다시 탄생하기 위해서는
편안한 껍데기는 부수고 나와야 하리

과거와 결별하라
새롭게 다시 태어나기 위해

연못에 던지는 욕심

풍당풍당
돌을 던지자

내 욕심을
연못에 던지자

냇물아 퍼져라
멀리멀리 퍼져라

내 욕심과 함께
멀리멀리 퍼져라

건너편에 앉은
누나가

떠내려가는

내 욕심을 보고

빙긋 미소를 지었네

광합성

푸른 잎사귀들이 뿜어내는
신선한 산소와 저장되는 영양분들이여
이는 광합성의 신비다

광합성 없이는 지구상
어느 동물도 존재하지 못한다
이는 식물과 동물이
따로가 아니라 연결되어 있음을 의미한다

서로 연결되어 있다는 것
공존한다는 것은
얼마나 아름다운 조화인가

인간들 사이 역시 연결되어 있다
우리가 타인의 고통에
냉담할 수 없는 이유이다
자신의 고통을 돌아본 뒤에는
타인의 고통을 돌아보아야 한다

Where to 苦

내 인생이 괴롭지 않은 것은
숨 쉴 수 있는 작은 공간이
마련되어 있다는 것이다

인생의 고통은
누군가가 괴롭혀서가 아니라
스스로가 만든 것이다

쓸쓸한 오후
고통의 원인을 알고서
알 듯 말 듯한 미소를 지었다

믿고 기다려라

남들이 모두 썩었다고
소리칠 때

믿고 기다려라
좋은 술이 되려면

발효 기간이
필요하듯이

가치로운 사람이 되는 데에도
기다리는 시간이 필요하다

무지 2

소크라테스를 모른다고
그 사람이 우둔하겠느냐

예수를 모른다고
그 사람이 포악하겠느냐

부처를 모른다고
그 사람이 탐욕스럽겠느냐

공자를 모른다고
그 사람이 예의가 없겠느냐

그 사람을 결정하는 것이
앎에 있지 않다

욕망

이제 마음
다 비운 줄 알았는데

가슴 한구석에서
욕망이 고개를 내민다

아직 살아 있었구나
싫은 얼굴
고개 치워 버리고 싶으나

할 수 없이
욕망의 부탁 들어주고
후회에 잠기다

고통의 의미

고통의 의미란

좀 더 겸손해지라는 것

좀 더 이웃을 아끼라는 것

좀 더 순간을 소중히 여기라는 것

좀 더 욕심을 참으라는 것

좀 더 아름다워지라는 것

좀 더 미소 지으라는 것

좀 더 여유를 가지라는 것

좀 더 삶을 사랑하라는 것

이웃을 향한 머리

너는 그 박식한 머리로
세상을 향해 무엇을 했느냐는 질문에
할 말이 없습니다

너는 그 번뜩이는 재치로
무엇을 하였느냐는 질문에
할 말이 없습니다

아이고 아이고
나는 그 잘난 머리로
내 이익만을 챙겨왔구나

이제는 나를 위한 머리가
아닌 이웃을 향한 머리가
되고 싶다

도서관에 가면

도서관에 가면
신비한 체험을 하게 된다

그것은 책이 나를
끌어당기는 것이다

가까이 갈수록
그 끌어당김을 강렬히 느낀다

내가 책을 선택한 것이 아닌
책이 나를 선택한 것이다

그 책을 읽으면 백 퍼센트
감명을 느낀다

도서관의 그 책은 오랜 세월 동안

내가 오기만을

기다리고 있었는지도 모른다

복수를 꿈꿔라

로마 앞에 선
한니발처럼

엘바 섬을 나온
나폴레옹처럼

쇼생크를 탈출한
듀프레인처럼

그대도 그대 자신의
복수의 칼을 갈아라

승자

짜증 날 때
웃을 수 있는 자가 승자다

압박 속에서도 흐트러짐이
없음이 승자다

가슴 저미는 슬픔을
견디는 자가 승자다

홀로 있는 고독함을
사랑하는 자가 승자다

목숨이 글에게로

나의 목숨이 글을 달라고 한다

야금야금 한 줄 한 줄
글이 줄지어 나온다

나의 목숨이 글을 달라고
애원한다

하늘에서 비가 쏟아지듯
글이 쏟아져 내린다

나는 그중 제일 반짝이는
걸로 조심히 글을 모아 담았다

고독

고독이 비명을 지른다
나는 열차를 향해
뛰어드는 목소리를
붙잡았다

고독이 나에게 요구를 한다
열차 한구석에 앉아
책을 읽는 것은

고독의 요구를 들어주기 위함이다

고독이 나를 다른 세계로 데려간다
별나라 여행 가는 날
나는 고독과 두 손을 마주 잡으리라

나의 고향

나의 고향은
잠자리 눈 속에 있다

동글동글 겹눈 속에
내 고향 보일 듯하다

날아가는 잠자리 뒤쫓다가
하루해가 저물었네

그리운 고향을
눈 속에 담은 채
잠자리 날아간다

내 안의 진실

내 안에 있는 것만이
진짜다

내 속에 흐르는 진액과
혈액 속에 녹아든 것만이
진실을 말한다

그것이 아니라면 의복과
머리를 치장하는
허섭스레기일 뿐이다

진실은 말한다
뼛속까지 파고든
그 내면에서
진짜 나를 볼 수 있다고

시가 말을 걸었다

나는

읽고 읽고 또
읽었다

쓰고 쓰고 또
썼다

생각으로
번민의 밤들이 지났다

어느 날 문득 시가
내게 말을 걸었다

꿈꾸는 하루

하루에도 수십 번씩 꿈을 꾼다
내보다도 네보다도
어디에 있느냐고 소리친다

그대의 아름다움을
볼 수 있는 것도
꿈꾸는 하루의 일부이다

나는 어푸 소리치며
물속에서 허우적대듯이
꿈에서 깨어났다

달에 걸린 막걸리

마음이 외로울 때
난 막걸리 한잔한다
희뿌연 액체 한 사발 마시면
번잡한 세상일 잊는다

오늘 저녁 그대와 만난 것도
어지러운 세상 잊기 위해
막걸리 한잔 하기 위해서라네

그대의 목소리와
내 목소리 섞여 막걸리처럼
희뿌옇게 흐려진다

우리들 사는 이야기가
희뿌옇게 섞여 흐려질 때
내 머릿속도 안개처럼 뿌옇다

비겁하게 주저앉아
막걸리 한잔 하는 것은
더러운 세상
그냥 피하기 위해서라네

나의 고독이 말을 한다

나의 고독이 말을 한다
입 다물고 있었던 침묵이
긴긴 고독 앞에 입을 열었다

나의 고독이 말을 한다
긴긴 추위에 떨었던 꽃 순이
이른 봄에 피어나듯이 그 문이 열렸다

나의 고독이 말을 한다
백 년 동안 쇠사슬에 묶여 있던
코끼리가 풀려나듯이 해방의 길이 열렸다

용서

너의 죄를 사하노라
당신의 그 한마디에
나의 마음은 가벼워집니다

구차하게 당신의
용서를 바라는 것은
나의 마음이 무겁기 때문입니다

당신을 만난 뒤로
당신에게 잘못한 일들을
이제 용서받고 싶습니다

큐피드의 화살

큐피드의 화살을 맞은 것처럼
나의 마음은
그대를 향한다

하지만 그대의 마음은
망부석처럼
아무런 변화가 없구나

어린 큐피드여
그대의 장난을
내게서 거두어 주오

그대의 장난에
하루하루가
고통의 나날이 지속되나니

하지만 이것이

사랑으로 가는 길이라면

큐피드의 화살을 피하지 않으리라

달은 내 가슴에

하늘에 보이는 달이 전부가 아니다
내 가슴에 떠오르는 달이 진짜 달이다

어두운 곳에 숨어서
내 가슴을 비추는 달이여

달은 내 가슴에 있어도
나는 달이 그립다

검은 잎

새하얀 잎
검게 물들다
이제는 돌아갈 수 없는가

다시금
하얗게
새하얗게

순수의 눈송이들이 떨어져
검은 잎 다시
하얗게 물들다

꿈 풍선

어렸을 때 내 꿈은
풍선과 같았다

나는 조금씩 바람을 불어
풍선은 거대해졌다

나이가 들자 사람들은
그 풍선을 공격하기 시작했다

말도 안 돼
터무니없어
주제 파악하지

어느새 쭈그러진 풍선을 들고
난 눈물을 흘리며
구멍난 풍선을 메웠다

그리곤 풍선을 불었다
다시 거대해질 때까지

내 얼굴은
기쁨의 빛으로 차올랐다

인생은 짧고 예술은 긴 것

인생은 짧고 예술은 길다
인생은 현실 속에 추할지라도
우리들 예술만큼은 아름다워라

인생은 짧고 예술은 길다
인생은 새벽 풀잎의 이슬이라도
예술은 영원하리라

아름다운 세상

별빛 무지개를 건너
우리들 모두 함께 모여
살아갈 수만 있다면

달빛 저 세상 너머
우리들 모두 함께 모여
살아갈 수만 있다면

나는 모든 것을 던져버리고
그 길을 택하리라

은하수 저 건너편에서
우리 모두 함께 살아갈 수만 있다면
나는 그 길을 사랑하리라

내가 다시 태어난다면

푸른 하늘 웃음 짓는 흰 구름이 되고 싶다
푸른 물결 출렁이는 바닷물이 되고 싶다
화창한 오후의 싱그러운 나뭇잎이 되고 싶다
이른 아침 풀잎에 영롱이는 이슬이 되고 싶다
태양이 떠오르는 새벽의 상쾌한 공기가 되고 싶다
까만 밤에 빛나는 하나의 별빛이고 싶다
따스한 봄날에 피어오르는 아지랑이고 싶다
더운 여름 피부에 스치는 바람이고 싶다
가을빛 황금빛 출렁이는 벼의 이삭이 되고 싶다
겨울 산에 피어나는 새하얀 눈꽃이고 싶다
이른 아침 새벽의 어스름한 안개이고 싶다
어두운 창가의 한 줄기 빛이 되고 싶다
자라나는 식물을 비추는 따스한 햇살이고 싶다
메마른 강가에 샘솟는 우물이 되고 싶다
내가 다시 태어난다면
그렇게 하나의 자연이고 싶다

예수 찬미

사랑의 힘은 위대합니다
15년이 지난 선생님의 모습이 아직도 생생합니다
사랑은 절대 접촉에서 오는 것이 아닙니다
에로스를 능가하는 그리스도의 사랑은
정말 강하고 영원합니다

인내의 시

기초가 없는 그대는 눈물겹다

빠른 성과만을 바라는 그대는 눈물겹다

마음이 조급한 그대는 안타깝다

뛰지 않고 날려고만 하는 그대의 노력은 헛수고다

서두르지 말고 참고 기다려라

인내의 시간은 결코 헛된 것이 아니니

결실의 그림자가 당신의 뒤에 드리울 때가

반드시 찾아올 것이다

주황색 잎사귀

붉게 타오르는 주황 잎들
오색 색깔 뽐내며 팔랑거리지만
하나같이 모두 떨어질 운명
떨어진 잎사귀 하나 붙잡고
소리 죽여 울었네

동전처럼

앞뒤 다른
동전처럼
앞뒤 다른 사람
나는 싫다네

앞뒤 같은
동전처럼
앞뒤 같은 사람
나는 좋다

도서관 1

도서관에 앉아
수많은 책을 보며
깊은 시름 하였습니다

문득 모든 것이
환영에 지나지 않음을 깨달았습니다

중이 될까
산으로 들어갈까
모든 것을 던져버릴까

망설일 때에 앞에 앉은 여인의
엉덩이를 보았습니다

시인

이리저리 둘러봐도
시를 가르쳐 주는 이 없네

옛 서적 스승 삼아
시를 따라 써 볼까

한 줄 한 줄 적어 가며
느껴지는 시의 마음

오랜 세월 지난 후에
한 줄 시로 남았으면

인내 뒤에 오는 것

휘어치는 욕망
한순간이니

질끈 감고 한번
참아봄이 어떠한지

거센 바람 지나가면
평정한 마음
찾아오리라

나의 생명

나의 생명이
자신을 죽이고자 함은
알 수 없는 아이러니다

어찌하여
스스로를 증오하여
죽이고자 함인가

따스한 햇살 같은
자비의 가르침 따라
나를 사랑하게나

도서관 2

합격을 잃고 나는 쓰네
잘 있거라, 짧았던 밤들아
창밖을 떠돌던 공사장 소리들아
아무것도 모르던 불빛들아, 잘 있거라
판매를 기다리던 자판기들아
에어컨에 흘리던 콧물들아
잘 있거라, 더 이상 내 것이 아닌 열망들아
합격을 잃고 나는 쓰네
잘 있거라, 짧았던 밤들아
합격을 잃고 나는 쓰네
장님처럼 나 이제 더듬거리며 바코드를 찍네
가엾은 내 사랑, 도서관에 갇혔네

고통 속에 진주가 있다

고통 속에 진주가 있다
살이 비비 꼬는 고통에
진주 덩어리가 들어 있으니
참고 견디라
그대의 진주는
왕방울만 해져서
그대에게 돌아올 테니

봄

하이얀 꽃잎이 휘날리는 오후의 한때
나는 스카이 콩콩을 탄다

멀리 저 멀리 보이는 푸른 산은
다정하게도 나에게 말을 건다

올망졸망 움직이는 어린이들을
바라보며 나는 새로운 꿈을 꾼다

그곳은 희망이 넘실거리는 곳
우리들 마음속에 있는 그곳을 가 보고 싶다

춥다

추운 날씨 속에 거리를 걷고 있는
할머니를 보았다

그녀는 뚜쟁이였고
나는 욕정을 채우기 위해서였다

추위 속에 방황하는
한 명의 외로운 영혼

살아간다는 것은
집착뿐

영원한 사랑은 없다
오직 그뿐

웃는 거야

웃자 웃자
오늘 하루도 웃자
하하하 호호호
오늘 하루도 신 나게 웃자

소리내기 싫은
소심한 영혼들은
방긋 미소라도 짓자

웃음이 터져 나올 때
우리 삶은 한 걸음
더 밝아질 수 있다

영원한 사랑

영원한 사랑은 절대 없다
너는 그렇게 말했다

하지만 내 가슴 뭉글뭉글
차오르는 감정 덩어리가 사랑을 외친다

나는 사랑을 한 아름 가슴에 담고
지금까지 살아왔다

영원한 사랑은 절대 없다
너는 그렇게 말했다

하지만 내가 가지고 있는 것은
사랑, 그리고 영원하다

섬마을

에메랄드 빛깔이 푸른 바다
한 조각 잘라내어
여인의 옷을 재단할 수 있을까

바다 향기 물씬 풍기는
포구 언저리에서
생명의 약동함을 느낀다

뱃고동 소리 힘차게 들려올 때
떠나가는 님의 뒷모습이
아스라이 스쳐 지나간다